Marie-Danielle Croteau

Le chat
de mes rêves

Illustrations
de Bruno St-Aubin

la courte échelle

Les éditions de la courte échelle inc.

Les éditions de la courte échelle inc.
5243, boul. Saint-Laurent
Montréal (Québec) H2T 1S4

Conception graphique:
Derome design inc.

Révision des textes:
Jean-Pierre Leroux

Dépôt légal, 3e trimestre 1994
Bibliothèque nationale du Québec

Données de catalogage avant publication (Canada)

Croteau, Marie-Danielle

   Le chat de mes rêves

   (Premier Roman; PR36)

   ISBN: 2-89021-219-X

   I. Titre.   II. Collection.

PS8555.R618S87 1994   jC843'.54   C94-940660-0
PS9555.R618S87 1994
PZ23.C76Su 1994

Marie-Danielle Croteau

Marie-Danielle Croteau est née à Saint-Élie-d'Orford, en Estrie. Après des études en communication et en histoire de l'art, elle travaille dans le domaine des communications. Cela lui permet de toucher un de ses grands rêves, l'écriture, métier qu'elle exerce maintenant à temps plein.

Comme elle adore l'aventure, elle a passé, depuis une dizaine d'années, beaucoup de temps à voyager. Avec son mari et ses deux enfants, elle a vécu en France, en Afrique et dans les Antilles. Elle a aussi fait la traversée de l'Atlantique à voile. Elle raffole également du pop-corn. Quand elle a bien travaillé, elle se permet une belle récompense: un grand plat de pop-corn recouvert de beurre fondu. Ses amis se demandent ensuite pourquoi elle travaille autant...

Marie-Danielle Croteau a publié deux romans pour adultes, *Jamais le vendredi* et *Un trou dans le soleil*. *Le chat de mes rêves* est le troisième roman qu'elle publie à la courte échelle.

Bruno St-Aubin

Né à Roxboro, Bruno St-Aubin a fait des études en graphisme au Collège Ahuntsic, en illustration à l'*Academy of Art College* de San Francisco, puis en cinéma d'animation à l'Université Concordia.

Depuis, il fait des illustrations pour des manuels scolaires, des contes pour enfants et des romans jeunesse. Il s'amuse aussi à faire des décors de théâtre pour marionnettes. On peut voir ses illustrations au Québec, dans plusieurs pays francophones, au Canada anglais et aux États-Unis. Indépendant comme un chat, Bruno St-Aubin n'a évidemment pas peur des chats. Mais pour se détendre, il aime bien se promener dans les bois, même s'il a peur des loups. *Le chat des mes rêves* est le premier roman qu'il illustre à la courte échelle.

Marie-Danielle Croteau

Le chat de mes rêves

Illustrations
de Bruno St-Aubin

la courte échelle

Pour Gabrielle, Arnaud,
Laurent et Alex,
quatre petits marins d'eau...
pas toujours douce!

1
Le grand rêve
de Fred

Noël approchait. Je ne tenais plus en place.

Chaque fois que je passais devant un miroir, je m'arrêtais et je me regardais.

J'essayais d'apercevoir le nouveau Fred. Celui que je serais à partir du 24 décembre à minuit.

On n'allait pas me refaire le nez, qui est un peu retroussé, ni m'enlever mes taches de rousseur. On n'allait pas changer mes lunettes ovales pour des carrées.

On n'allait pas non plus teindre mes cheveux blonds, ni les

défriser. Non. C'était beaucoup plus important que cela.

Mon plus grand rêve allait enfin se réaliser: j'aurais un chat! Un chat que j'appellerais Ric. Lui et moi, ça ferait Fred et Ric.

Je l'emmènerais partout et quand les gens me demanderaient mon nom, je répondrais: Frédéric.

Nous serions inséparables.

Mon chat, j'en rêvais depuis deux ans au moins. J'avais tout essayé pour convaincre mes parents. Rien à faire.

Liane et André répondaient qu'avec leur poissonnerie ce n'était pas possible. Parce que cette poissonnerie, elle donne directement sur la cuisine.

— Te rends-tu compte, Fred?

Ce serait comme garder un renard dans un poulailler. Ou bien un perroquet dans une salle de réunions...

Au printemps, j'ai pourtant cru que Liane cédait.

Elle m'a annoncé, les larmes aux yeux:

— Nous avons une grande nouvelle, Fred.

Je me suis dit: «Ça y est, je vais avoir mon chat.»

— Tu auras enfin de la compagnie, mon chéri.

J'ai agrippé le bord de ma chaise pour m'empêcher de sauter au plafond. À huit ans, je ne voulais pas réagir comme un enfant de quatre ans.

— Ton père et moi... enfin...

Elle a passé sa main doucement sur son ventre. Alors, je

me suis vu, caressant mon chat de la même façon.

— Dans six mois...

Six mois! C'était long, mais bon, puisque je l'aurais...

— Tu auras un petit frère!

Ça m'a pris deux jours pour m'en remettre.

Comprenons-nous bien. Ce n'était pas d'avoir un frère qui me décevait. C'était de ne pas avoir de chat. Quand je l'ai expliqué à mes parents, ils ont fait: «Ouf!» Ça les a soulagés.

Leur problème était réglé, mais pas le mien. Au contraire! Je devinais que ma mère aurait deux fois plus d'objections qu'avant. Le poil, les puces, les griffes, les microbes: rien de bien bon pour un bébé.

Du coup, j'ai failli me mettre à détester mon futur petit frère. À cause de lui, je n'aurais jamais mon chat. Ma mère a flairé le danger et, pour prévenir les conflits, elle m'a dit:

— Ce bébé-là, il sera à toi. Il

faudra que tu en prennes bien soin, n'est-ce pas?

J'étais fier de devenir père. J'ai commencé à faire le ménage de mes jouets. J'ai mis de côté les petites voitures et les toutous qui ne me servaient plus depuis longtemps.

Ensuite, je suis allé au grenier, fouiller dans les malles de vêtements. J'ai retrouvé mes pyjamas et mes bonnets de bébé.

Le samedi suivant, ma mère et moi, nous les avons lavés et rangés dans un de mes tiroirs.

Puis j'ai recommencé à m'ennuyer et à rêver à mon chat.

Six mois plus tard, mon petit frère Paul est né. C'était au début de novembre. Il pleurait tout le temps.

Alors, j'ai dit à ma mère:

— Il ne sait pas quoi faire. Il lui faudrait un petit animal. Tu devrais lui en donner un.

Liane m'a fait un sourire large comme ça. Ses yeux bleus brillaient comme des billes de collection et je pouvais compter ses trente-deux dents.

Elle a passé son doigt autour de mon visage. Doucement. Tout doucement. Puis elle m'a pincé le menton.

J'ai senti que ça y était. Elle venait de craquer.

Le lendemain et les jours suivants, j'ai été deux fois plus studieux que d'habitude. Deux fois plus serviable.

Quand Liane revenait de faire les courses, je me précipitais à sa rencontre. Je la débarrassais de ses paquets tout en cherchant

du coin de l'oeil une petite boule de poil.

Jusqu'à ce que je comprenne.
Elle attendait une vraie occasion. Noël!

2
Toute une surprise!

Le soir du réveillon, j'étais prêt. J'avais vidé ma boîte de legos pour en faire une litière. J'étais certain que mes parents n'auraient pas pensé à ça.

J'avais aussi acheté un sac de nourriture sèche avec mes économies. J'avais tout caché au fond du placard.

Pendant l'après-midi, je m'étais exercé devant le miroir à paraître surpris. Je ne voulais pas avoir l'air de connaître d'avance mon cadeau et casser le plaisir de mes parents.

Étire la bouche vers les côtés,

étire les sourcils vers le haut, arrondis les yeux. Et le plus important: le cri de joie. «Oh! Maman! Papa! Quelle surprise!!!»

Pour une surprise, c'en était toute une!

Installé au pied de l'arbre entre André et Liane, je me préparais à jouer mon rôle. Comme un comédien, j'avais le trac et je retardais le moment d'entrer en scène.

Puis je n'ai plus eu le choix. Il ne restait que deux boîtes sous le sapin. Une pour Paul, une pour moi.

J'ai d'abord ouvert celle de Paul qui n'a qu'un mois et demi.

Oh! Super! Un beau petit chat en peluche.

Et j'ai ouvert la mienne.

Catastrophe! Un gros chat en peluche...

Je ne sais pas quelle tête j'ai faite, mais je sais que celle-là, je ne m'étais pas exercé à la faire.

Sans rien dire, je suis allé ranger les deux toutous dans la chambre de mon petit frère.

Ensuite, je suis monté me coucher. Sans manger.

Ma mère n'a pas osé insister. J'avais l'air de dormir comme un ange. En réalité, je me débattais entre le goût de pleurer et l'envie d'essayer encore. De réussir, à n'importe quel prix.

J'ai décidé de réussir.

De retour en classe, l'institutrice nous a demandé de préparer un exposé sur la nuit de Noël.

Comme tout le monde, j'aurais

eu plein de choses à raconter. Moi aussi, j'avais reçu des tas de cadeaux. Des livres, des jeux électroniques, de nouveaux patins.

Mais pour punir mes parents, je n'ai parlé que du chat en peluche. Comment j'avais espéré en recevoir un vrai et ma réaction en ouvrant la boîte. Deux pages complètes sur ma déception.

J'ai montré mon texte à ma mère qui, à son tour, l'a fait lire à mon père. J'espérais qu'ils allaient courir à l'animalerie pour se racheter. Mais non. Mon père a soupiré:

— C'est dur, hein, Fred, d'être un enfant? Mais c'est bien de pouvoir s'exprimer.

J'ai eu envie de prendre ma balle de baseball et de l'envoyer dans l'écran de son nouvel ordinateur. Juste pour voir comment il s'exprimait, lui.

Mais quelque chose me disait que ce n'était pas la solution. Je devais avoir une meilleure idée.

3
Traitement de choc

Deux semaines après mon exposé, je suis allé rechercher le chat en peluche.

J'ai sorti la litière et je l'ai installée dans la cuisine. J'ai mis le chat dedans. J'ai préparé un bol de nourriture, un bol d'eau et je les ai placés à côté de la litière.

Ça n'a pas marché.

Un autre jour, j'ai invité mon ami Guillaume à venir me visiter avec son chaton. Liane et André ont trouvé le petit chat très mignon. Ils l'ont même caressé gentiment.

Mais comme Guillaume habite à la campagne, ils ont facilement trouvé une réponse lorsque j'ai demandé: «Pourquoi est-ce que moi, je ne peux pas en avoir un?»

Le mois dernier, je suis allé m'inscrire aux ateliers du samedi à l'école. En attendant mon tour, j'ai pris une feuille sur le bureau de la secrétaire. C'était l'annonce d'une conférence sur la zoothérapie.

Extra! On pouvait traiter les problèmes des enfants avec des animaux domestiques! Exactement ce qu'il me fallait!

J'ai plié la feuille et je l'ai fourrée dans ma poche. La conférence avait lieu un mois plus tard. Ça me donnait amplement le temps de devenir déprimé.

J'ai traîné les pieds pendant trois semaines. J'avais l'air de plus en plus fatigué au fur et à mesure que le temps passait. Je longeais les murs. Je blêmissais à vue d'oeil. Je n'avais plus d'appétit.

En réalité, je mangeais en cachette et je riais en secret de ma super technique.

À la fin de la troisième semaine, j'ai déposé la feuille en douce sur le bureau de mon père.

Ça a marché. Mais pas comme je le voulais.

Le dimanche suivant, mes parents m'ont annoncé une grande sortie à la campagne. Je me suis dit: «Fiou! Enfin!» Je commençais à en avoir assez de jouer les malades.

Ce n'est pas tellement mon

genre d'avoir l'air découragé. Je n'y peux rien: on dirait que je suis né avec un sourire au coin des lèvres.

On se prépare, on s'entasse dans l'auto avec Paul, dans son siège de bébé, et en route!

Innocemment, je demande à mes parents:

— Où est-ce qu'on va?

Ma mère se retourne. Ses yeux pétillent comme si elle s'apprêtait à m'offrir le plus beau cadeau du monde.

— Ah! Surprise! dit-elle. Tu verras bien.

Le pont Jacques-Cartier, l'autoroute 10. Une heure de voiture pendant laquelle je vois Ric dans mes bras. Ric sur mes genoux, Ric dans mon cou. Ric qui dort sur mon lit. Ric qui joue avec une boule de papier. Ric partout dans ma tête.

Sortie Granby. Nous quittons l'autoroute.

J'attends avec impatience le moment où mon père s'arrêtera dans une ferme et m'annoncera: «Ça alors, Fred. Je me suis perdu.»

André fera une blague dans ce genre-là, c'est certain. Il adore jouer des tours.

La voiture s'immobilise enfin et je m'étire pour regarder dehors. Aucune ferme en vue. Je ne comprends plus rien. Je m'apprête à demander où nous sommes lorsque j'aperçois une affiche.

Le zoo! Je n'arrive pas à y croire!

— Qu'est-ce qu'il y a, Fred?

s'étonne ma mère. Tu n'as pas l'air content...

C'était la semaine dernière. Il faut tout de même avouer que nous avons eu beaucoup de plaisir, à Granby.

Malheureusement, les girafes ne m'ont pas suivi jusqu'ici. Ni les hippos ni les lamas. Pas même le moindre chat.

Aujourd'hui, c'est encore dimanche et je me retrouve seul, comme tous les dimanches.

Guillaume est chez son père, à la campagne. Karel joue au hockey et Maude visite sans doute un musée, avec ses parents.

Moi, je n'aime pas le hockey. Et mes parents, eux, n'aiment pas sortir. Quand arrive la fin de la semaine, ils n'ont qu'une envie: se reposer. Lire et écouter de la musique. Voir leurs enfants grandir.

C'est formidable. Tous les dimanches, je m'assois et je grandis. Pour le plus grand plaisir de mes parents. Je grandis et mon envie d'avoir un chat grandit aussi.

Bientôt, ce ne sera plus à un chaton que je rêverai. Ce sera à un lion.

Si j'étais à la place de mes parents, je réglerais mon cas avant que je me mette à réclamer un dinosaure. Parce qu'alors là, attention à la grosseur des dégâts!

Je ris tout seul. Assis dans l'escalier, je ne trouve rien de mieux à faire que de me faire rire en pensant à la grosseur d'un caca de dinosaure.

Ma mère fait la sieste avec Paul qui a de la fièvre, ces jours-ci. Il perce ses dents. Mon père, lui, travaille à l'ordinateur.

C'est exceptionnel. D'habitude, André me regarde grandir, le dimanche. Mais aujourd'hui, il est débordé. Il doit finir sa comptabilité du mois.

Tiens, le voilà qui m'appelle.

4
Une idée géniale

— Viens. Grimpe là.

André tire une chaise à côté de la sienne.

J'aime bien quand mon père me demande de travailler avec lui. Il me fait agrafer des papiers. Plier des feuilles. Insérer des lettres dans des enveloppes. Mettre le cachet de la boutique sur le courrier.

Mais cette fois, tout semble terminé. Le bureau est impeccable. Pas un seul petit bout de papier qui traîne. Alors, pourquoi m'a-t-il fait venir?

— Parce que, maintenant, tu

es assez grand pour apprendre à utiliser mon nouvel ordinateur.

— Qu'est-ce qu'il a de plus que l'autre?

— Tu vois cette petite boîte grise, au bout du fil? Ça s'appelle une souris. Avec ça, tu peux presque faire de la magie. Regarde!

Mon père tape deux fois sur le dos de la souris. Un tableau apparaît à l'écran.

— Suis la flèche, Fred. Quand tu bouges la souris, elle se déplace. Tu cliques ici, et là, et là, et hop: voilà le total de cette colonne. Génial, non?

Génial! André ne croit pas si bien dire! Au mot souris, ça a fait clic, dans ma tête, et un chat est apparu.

Comment n'y ai-je pas pensé plus tôt? Probablement parce que je ne vois jamais de souris. Mes parents sont maniaques de la propreté. Ils sont comme ça de nature, mais aussi à cause de leur commerce.

S'il fallait que les inspecteurs de l'hygiène débarquent à la poissonnerie et tombent sur une souris! Ce serait la catastrophe.

André et Liane n'ont jamais voulu reconnaître que j'avais besoin d'un chat. Mais si la boutique était infestée de souris, ils seraient bien forcés d'admettre qu'eux, ils en ont besoin.

Clic ici et clic là, la solution se présente dans la colonne «imagination» de mon cerveau. Je trépigne sur mon siège, tandis qu'André continue sa démonstration. Il est emballé par ma réaction. Heureux comme tout que je m'intéresse à son nouveau jouet.

Un peu plus et je l'embrasserais, cette petite souris grise. Du calme, Fred, du calme! Il faudra du temps pour réaliser ton plan. Beaucoup de patience. Et aussi, l'aide de ton ami Guillaume.

— Hé, Fred! Tu ne me suis plus?

— Excuse-moi, papa. J'étais dans la lune.

— À quoi penses-tu?

— À Guillaume. Tu ne peux pas savoir comment j'aimerais aller passer une fin de semaine chez lui, à Saint-Yaya.

— Ça doit pouvoir s'arranger, répond-il distraitement.

Il est déjà retourné à son programme de comptabilité et à sa souris. Inutile d'insister. Ce n'est pas le moment. Pour mettre toutes les chances de mon côté, je m'efforce d'avoir l'air intéressé.

Liane et André sont des parents poules. Ils ont toujours peur qu'il m'arrive quelque chose. Que je brise mes lunettes.

Que je me casse un bras ou une jambe. Que j'attrape une maladie terrible. C'est effrayant comme ils *m'aiiiiiment*!

Ils ont eu beaucoup de difficulté à nous avoir, Paul et moi. Ce n'est pas par hasard s'il y a huit ans d'écart entre mon frère et moi.

À cause de ça, ils veillent sur nous comme des avares. Nous sommes leurs beaux petits trésors en or. A-t-on déjà vu un avare se défaire de son trésor?

Jamais.

Mes parents n'ont jamais voulu que j'aille passer une fin de semaine chez Guillaume. Trop de dangers sur une ferme.

Le silo: on risque de s'enfoncer dans le grain et de s'étouffer. Le puits: on pourrait s'y noyer. Le tracteur: si on tombait pendant qu'il est en marche, on se ferait écraser. Ça n'en finit plus.

Mais André a dit que ça pouvait s'arranger, c'est déjà un bon point. Il ne faut pas crier victoire trop vite, je suis bien placé pour le savoir. Sauf que cette fois, j'ai un espoir. Un vrai, un gros espoir. Et je ne suis pas près de le lâcher...

5
La visite
chez Guillaume

Voilà. Je suis prêt. Dans cinq minutes, le père de Guillaume viendra me chercher. Tandis que Liane me fait réviser mes leçons de prudence, André revoit le contenu de mon sac à dos.

Eh oui, j'ai réussi! C'est mon bulletin, finalement, qui a fait pencher la balance du bon côté. Des *A* en mathématiques et en français, ça se récompense!

— Qu'est-ce qui te ferait le plus plaisir, Fred?

— Aller chez Guillaume!

Liane a blêmi. André a toussé. Puis il a dit:

— C'est vrai que Fred est raisonnable, Lili. Il faudrait peut-être qu'on commence à lui faire un peu plus confiance.

Cher papa. J'ai failli lui sauter au cou. J'allais m'élancer, quand ma mère a répondu:

— Ce n'est pas à Fred que je ne fais pas confiance. C'est à la vie. Il y a tellement d'accidents! S'il fallait qu'il lui arrive quelque chose...

J'ai imploré mon père du regard. Je devais avoir l'air d'un épagneul. Les yeux tristes, les oreilles pendantes et un filet de bave au coin de la bouche.

André a passé sa main dans mes cheveux et il a dit:

— C'est l'heure d'aller au lit. Va te coucher. Ta mère et moi, on va en parler.

Je n'ai pas entendu leur discussion, mais je sais qu'elle a duré longtemps. Le lendemain matin, ils m'ont annoncé la bonne nouvelle. Ils avaient téléphoné au père de Guillaume et ils s'étaient mis d'accord sur les dates.

Comme ces deux semaines m'ont paru longues! Mais enfin, c'est aujourd'hui! C'est même tout de suite.

On sonne à la porte.

— Je vous le confie. Prenez-en bien soin! supplie ma mère, la voix tremblante. Et toi, Fred, sois sage!

— Ne vous en faites pas, madame. Quand ils auront fini de traire les vaches, de leur donner du foin et de pelleter le fumier, ils n'auront plus d'énergie pour les mauvais coups!

Heureusement, M. Dion éclate de rire. Ma mère était sur le point de perdre connaissance. Je l'ai vu à son visage, qui changeait de couleur.

— Je l'ai bien eue, ta mère, hein? rigole M. Dion, dans la camionnette.

— Oui, monsieur. C'était une bonne blague.

— Gérard! Moi, c'est Gérard, tonne-t-il d'une voix comme j'en entends dans les opéras que mes parents écoutent le soir. Et ce n'était pas une blague!

Inquiet, je regarde Guillaume qui me fait un clin d'oeil. Ouf! Quel drôle de père! Pendant les trente minutes que dure le voyage, il n'arrête pas de raconter des histoires. Et de se taper les cuisses. Je sens qu'on va bien s'amuser.

À la maison, un repas nous attend dans le four.

Ça sent bon, mais je suis trop excité pour avoir faim. Je veux tout voir avant de m'asseoir.

La grange et les vaches. La laiterie. Le poulailler. La remise où sont garés le tracteur et d'autres véhicules que je ne connais pas. La tasserie, où on garde le foin pour l'hiver.

Nous allons d'un bâtiment à l'autre, Guillaume et moi. Ils sont tous vert foncé et les cadres des fenêtres sont rouges.

C'est la plus belle ferme du monde, j'en suis certain. Il y a au moins six énormes sapins et, sous chacun, Guillaume s'est fait une cachette.

Et puis la maison où nous retournons maintenant! Elle est tellement grande! On pourrait y entrer trois fois celle de mes parents. Il y aurait même encore de la place pour la poissonnerie.

Ça ne me semble pas très juste, tout ça.

— Peut-être, répond Gérard. Mais chez toi, il y a une maman et un petit frère.

Oups! J'aurais dû me taire. Guillaume m'a raconté comment sa mère et son frère étaient morts, dans un accident de train. La voix de M. Dion a changé. J'ai peur d'avoir tout gâché.

Un moment de silence.

Enfin, il se ressaisit:

— Allons, à table, les enfants!

— Qu'est-ce qu'on mange, papa?

— En entrée: de la cervelle de veau en croûte. Comme plat principal: de la langue de boeuf aux épinards. Et pour dessert, du gâteau aux tomates. En l'honneur de notre ami Fred.

Fiou! Il a retrouvé son sens de l'humour. À moins que ce ne soit vrai? Qu'il ne me serve véritablement toutes ces horreurs? Je regarde de façon suspecte les plats qui s'alignent devant nous.

Je n'ai pas le choix. Je prends une grande respiration et je pique ma fourchette dans la croûte dorée.

Ouf! Du pâté au poulet!

6
Coup de filet

Ce matin, je suis le premier debout. Je suis déjà habillé et Guillaume dort encore. Ou plutôt, il dormait. Il est en train de se réveiller.

— Alors? Tu m'emmènes voir les souris?

Guillaume et moi, nous avons mis au point une stratégie.

Mon ami devait d'abord repérer un nid de souris. Ensuite, il fallait qu'il isole les chats de la ferme pour éviter qu'ils ne bouffent les souris.

Mais pour isoler les chats, ça lui prenait une bonne raison.

Autrement, son père les libérerait à la première occasion.

Alors, nous nous sommes servis du cours de morale. Nous avions une recherche à faire. Nous avons choisi comme sujet: les animaux sont faits pour vivre en liberté.

Le prof était impressionné. Ça faisait sérieux, et dans notre travail, il y aurait une véritable expérience.

Avec l'accord de son père, Guillaume garde les chats enfermés dans la maison depuis deux semaines. D'habitude, ils sont dans la grange. C'est tant mieux pour moi: j'ai passé la nuit avec un beau matou noir.

— Bien dormi, Fred? me demande M. Dion qui est en train de préparer le petit déjeuner.

Je n'ose pas lui dire que j'ai à peine fermé l'oeil, j'étais tellement heureux. Heureux de me retrouver à la campagne, mais aussi parce que mon rêve se réaliserait enfin.

— Je dois aller à la coopérative, vous voulez venir avec moi? dit Gérard en tournant les oeufs.

— Je crois que Fred préférerait rester à la ferme. Pas vrai, Fred?

Ce n'est pas moi qui dirai le contraire. Voilà une occasion en or, pour Guillaume et moi, d'attraper les souris sans nous faire voir.

— D'accord, les gars. Mais attention! Pas de bêtises! Et toi, Guillaume, tu sais quoi faire en cas de problème. Tu files avec

ton ami chez les voisins. Bon. J'y vais. Je serai de retour à midi.

Nous avons trois heures devant nous. Vite, nous nous habillons et nous nous précipitons dans la tasserie.

Dans un coin du bâtiment, Guillaume a repéré une mère souris avec six bébés. Nous rampons sans bruit jusqu'à leur nid.

Soudain, Guillaume me fait signe d'arrêter. Il tend la main vers moi. Dans la doublure de mon manteau, j'ai caché une épuisette. Je l'ai empruntée à mon père qui s'en sert pour retirer les truites du vivier, à la poissonnerie.

Le coeur battant, je sors le filet et je le remets à mon ami.

Moi, je suis trop nerveux. Je viserais à côté et je ferais fuir la seule chance qu'il me reste d'avoir un chat, un jour.

Lentement, Guillaume soulève l'épuisette. Il l'avance doucement et, schlac, il la rabat sur le sol.

Un nuage de poussière se soulève et un tas de foin vole dans les airs. Nous en avons plein les cheveux.

La poussière me prend à la gorge et me fait tousser. Je manque de m'étouffer. J'ai les yeux qui piquent, le nez qui coule.

Je renifle:

— Ça y est? Tu les as?

— Chut! fait Guillaume.

Si les souris avaient eu à fuir, ce serait fait depuis longtemps.

Mais j'obéis pour ne pas déranger mon ami. Il ressemble à un cambrioleur devant un coffre-fort.

Je le vois tâter le contenu du filet. Il y a beaucoup de foin sous les mailles, mais des souris?

— Regarde! s'exclame triomphalement Guillaume, en me balançant sous le nez un souriceau qu'il tient par la queue.

Couic, couic, couic, crie la pauvre petite bête apeurée. Si elle savait! En dedans de moi, ça fait couic, aussi. Mon coeur se serre de la voir se débattre comme ça.

À cause de moi!

Et ce n'est encore rien. Dans quelques jours ou quelques semaines, ça fera crac. Le chat que j'aurai gagné en me servant d'elle refermera ses mâchoires sur son cou.

Je ne peux pas. J'abandonne.

— Laisse tomber.

— Mais pourquoi? s'écrie Guillaume.

Il n'en revient pas. Il est tellement fier de sa victoire! Il n'arrête pas de répéter:

— Tu parles d'un coup de filet!

Moi, je ne suis pas fier du tout.

Mais si je lui explique ce qui vient de me traverser l'esprit, il va me répondre que c'est la loi de la nature. Nous, on mange du boeuf et les chats mangent les souris.

Je sais tout ça. N'empêche que je ne peux pas mettre moi-même ces petites souris dans la gueule d'un chat. Alors, au risque de passer pour un gars de la ville, je dis:

— Je me rends compte que

ça me dégoûte, les souris. J'ai envie de vomir juste à penser que je vais devoir garder ça dans ma chambre pendant plusieurs jours.

7
De quoi
se mettre à voler

Sur le chemin du retour, Gérard Dion est mort de rire. Et moi, je suis mort de honte. Puis je suis en colère contre mon ami qui vient de raconter l'histoire des souris. De A à Z.

Au fond, je ne devrais pas en vouloir à Guillaume. C'est son père qui a insisté pour savoir ce qui s'était passé.

M. Dion doit être soulagé. Je crois qu'il se sentait coupable de nous avoir laissés seuls, hier matin.

Il part, tout va bien. Il revient et nous boudons.

En fait, Guillaume boudait. Moi, j'étais seulement très triste. J'avais perdu mon dernier espoir d'avoir un chat.

— Allons, Fred! Ne fais pas cette tête-là! Ta mère va croire que je t'ai maltraité. Si tu veux revenir à la ferme, tu n'as pas le choix: souris!

Le voilà qui se tape encore les cuisses. Souris. Il la trouve bonne. Il est pire que mon père, avec ses jeux de mots.

À bien y penser, il a raison. Si je veux retourner chez mon ami, j'ai intérêt à avoir l'air content de ma fin de semaine.

Et c'est sûr que je veux y retourner. Là, je peux au moins jouer avec les chats.

C'est mieux que rien.

Il me reste vingt minutes pour

m'entrer cette idée dans la tête.

Pas facile, mais lorsque la camionnette s'arrête devant notre maison, c'est fait.

Je saute sur le trottoir et je cours à la porte. Ma mère ouvre avant même que mon doigt atteigne la sonnette. Gérard lui avait téléphoné et elle m'attendait.

Quand elle me serre dans ses bras, je comprends que je me suis ennuyé d'elle. De mon père aussi, qui arrive avec Paul sur ses épaules. Et de mon petit frère qui gigote pour venir me rejoindre.

André tend la main à Gérard qui m'a suivi avec Guillaume, sans que je m'en aperçoive.

— Entrez. Venez boire quelque chose.

— J'ai apporté vos oeufs, dit Gérard.

Je regarde M. Dion, étonné.

— Ah! J'ai oublié de te le dire. Ton père a téléphoné, hier soir, pour me demander d'apporter des oeufs de notre poulailler. Je vais les chercher.

Chic! Les oeufs de la ferme, c'est drôlement bon. Moi qui d'habitude en mange le moins possible, j'en ai pris deux matins de suite, chez Guillaume.

C'est ce que je suis en train d'expliquer à mes parents lorsque Gérard Dion revient, avec une grosse boîte.

— Tout ça?

— Douze douzaines, mon garçon.

— Mais je vais tourner en poule!

— Certain! Tu risques même de te mettre à voler.

— Posez le carton ici, monsieur Dion. Il y a du café au salon. À moins que vous ne préfériez autre chose?

Gérard suit mes parents, tandis que Guillaume et moi, nous restons avec Paul. Je le prends et je le fais voler comme un avion d'un bout à l'autre du couloir.

Au tour de Guillaume, maintenant. Moi, je suis épuisé. Je m'assois par terre, près de la boîte d'...

Ma foi! On dirait que ça bouge, là-dedans!

Je colle mon oreille sur la fente du dessus. Tout à coup, je comprends. Et dans mon coeur, ça fait boum! Parce que dans la boîte, ça vient de faire... miaou!

Table des matières

Achevé d'imprimer
sur les presses de Litho Acme Inc.